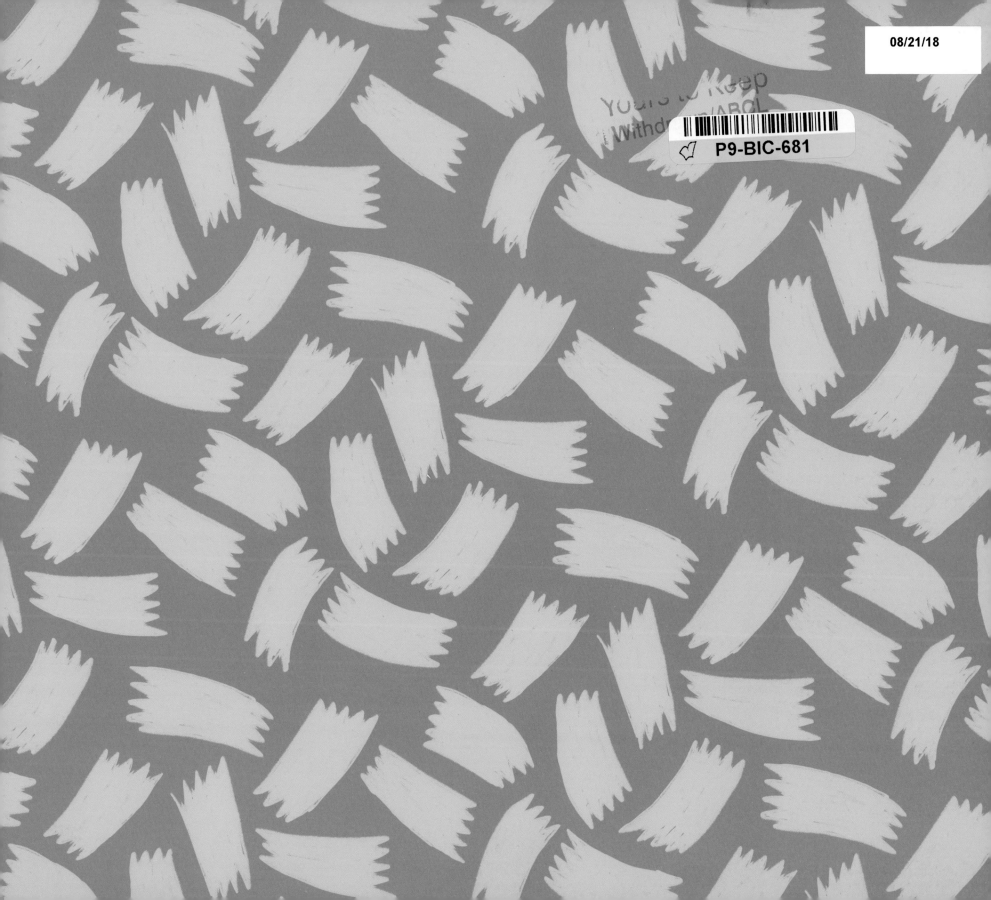

08/21/18

Yours to Keep
Withdrawn/ABCL

P9-BIC-681

A Yuna.

Susanna Isern

A mi niño, que no le gusta nada que haya baños de hombres y de mujeres.

Gómez

ÉGALITÈ

Daniela Pirata
Colección Egalité

© del texto: Susanna Isern, 2017
© de las ilustraciones: Gómez, 2017
© de la edición: NubeOcho, 2017
www.nubeocho.com - info@nubeocho.com

Corrección: M.ª del Camino Fuertes Redondo
Revisión: Daniela Morra

Tercera edición: 2018
Segunda edición: diciembre 2017
Primera edición: septiembre 2017
ISBN: 978-84-17123-11-6
Depósito legal: M-20328-2017

Impreso en China a través de Asia Pacific Offset,
respetando las normas internacionales del trabajo.

Todos los derechos reservados. Prohibida su reproducción.

Yours to Keep
Withdrawn/ABCL

Daniela Pirata

SUSANNA ISERN
& GÓMEZ

nubeOCHO

EN UN MAR MUY LEJANO
navegaba el *Caimán Negro*,
el barco pirata más temible
de todos **LOS TIEMPOS**.

Todas las EMBARCACIONES planeaban
sus rutas para no cruzárselo, y si algún
marinero lo divisaba desde su CATALEJO,
daba media vuelta y huía en sentido contrario.

El capitán del **CAIMÁN NEGRO** se llamaba **OREJACORTADA**. Tanto él como sus fieros piratas eran famosos por sus escalofriantes andanzas.

En aquel mar tan lejano también navegaba
DANIELA, a bordo de la ARAÑA SALTARINA,
su pequeño velero.

A pesar de las horribles leyendas que se contaban,
ella buscaba aquel TERRORÍFICO BARCO.
Y es que había algo que deseaba con todas sus fuerzas:

¡Daniela quería ser PIRATA
en el CAIMÁN NEGRO!

Un día, después de muchos soles y muchas lunas BUSCÁNDOLO,

LO ENCONTRÓ.

—¡Mi nombre es Daniela y QUIERO SER PIRATA en este barco!

—NIÑA, ¿dices que quieres formar parte de nuestra tripulación? —preguntó Orejacortada, sorprendido.

—¡Así es! —contestó Daniela con decisión.

Los piratas estallaron en RISAS.

El Capitán se agrupó con sus HOMBRES. Tras
varios minutos de discusión, Orejacortada habló:

—Para ser pirata en el *Caimán Negro* se deben superar una serie de PRUEBAS.

—¿Cuáles? ¡HARÉ LO QUE SEA! —dijo Daniela muy convencida.

—La PRIMERA PRUEBA para ser pirata es capturar peces a manos llenas. Niña, ¿TÚ SABES PESCAR?

DANIELA SE LANZÓ
AL MAR DE CABEZA.

—AQUÍ TRAIGO
varios bacalaos, kilos de
langostinos, tres calamares
gigantes y una mantarraya.

Cuando regresó, los
piratas se quedaron
ALUCINADOS.

—No está mal… —reconoció Orejacortada—. La
SEGUNDA PRUEBA para ser pirata es demostrar la
fortaleza de un roble. Niña, ¿TÚ ERES FUERTE?

Daniela cargó a su espalda el pesado arcón de los tesoros y comenzó a **FLEXIONAR LAS PIERNAS**. Los piratas la observaban estupefactos.

—¡Una, dos! ¡Diez sentadillas! ¡Veinte! ¡Cincuenta! **¡CIEN SENTADILLAS!**

¡BASTA!

—La **TERCERA PRUEBA** para ser pirata es correr a la velocidad del trueno. Niña, **¿TÚ ERES RÁPIDA?**

Daniela **CORRIÓ COMO UNA FLECHA** por la cubierta. A los pocos segundos se detuvo nuevamente ante los asombrados piratas.

—¡Mira! Te traigo el parche del tuerto, una pluma del loro y una moneda de oro. Fui **TAN RÁPIDA** que nadie se dio cuenta.

—**DEVUÉLVEME MI MONEDA...** —se molestó Orejacortada—. La **CUARTA PRUEBA** para ser pirata es ser sigiloso como las serpientes. Niña, ¿**TÚ ERES SILENCIOSA?**

Daniela partió con su velero. A la mañana siguiente apareció, sonriente, con un **MANOJO DE PELO** entre los dedos. Los piratas se frotaron los ojos, incrédulos.

—Un mechón del **HORRIBLE OSO** que estaba hibernando en su cueva. Se lo he cortado sin despertarlo.

—Déjame ver... —lo examinó Orejacortada, atónito.

—La QUINTA PRUEBA para ser pirata es demostrar no tener miedo a nada. Niña, ¿TÚ ERES VALIENTE?

Daniela se tiró a la FOSA DE LOS COCODRILOS. Al ver su osadía, los reptiles se quedaron paralizados. Los piratas comenzaron a mirarla con ADMIRACIÓN.

—La LLAVE OXIDADA del fondo de la fosa. Apuesto a que llevaba meses, quizás años, esperando a que algún valiente la recuperara...

—Trae la llave —se la quitó el capitán, comenzando a desesperar—.
La SEXTA PRUEBA para ser pirata es preparar una buena sopa.
Niña, ¿TÚ SABES COCINAR?

Daniela juntó los ingredientes MÁS SABROSOS:
tela de araña, escupitajo de rana, lágrimas de cocodrilo,
coco podrido... y cocinó una SUCULENTA SOPA.

—¡La sopa más asquerosa de los siete mares! —dijo Daniela.

—Puaaaj... maravillosamente repugnante —se relamió Orejacortada—, pero la **PRUEBA MÁS IMPORTANTE** para ser pirata es encontrar tesoros perdidos. Niña, ¿TÚ SABES LEER ESTE MAPA?

Daniela ESTUDIÓ el mapa del tesoro que los piratas llevaban meses buscando y zarpó a bordo de la *Araña Saltarina*. Dos días después, regresó con el botín.

Se trataba de un GRAN COFRE repleto de valiosas joyas y monedas de oro.

Los piratas no daban crédito a lo que veían sus ojos. Estaban tan contentos que cargaron a Daniela sobre sus hombros mientras VITOREABAN.

—Ejem... Hay que reconocer que has superado todas las pruebas... —murmuró el Capitán—. Pero no, NO PUEDES SER PIRATA en nuestro barco.

—¿Cómo? ¿POR QUÉ? Sé PESCAR a manos llenas, soy FUERTE como un roble, VELOZ como el trueno, SIGILOSA como las serpientes, VALIENTE, COCINO fatal y puedo encontrar TESOROS perdidos...

¡TENGO TODO LO QUE HAY QUE TENER!

—Es muy simple —dijo Orejacortada—. Te falta un requisito imprescindible. No puedes ser pirata porque ERES CHICA y en este barco solo admitimos a CHICOS. Es una regla del *Caimán Negro*.

Ante aquella barbaridad que acababa de escuchar, DANIELA
SE QUEDÓ SIN HABLA. Y si no fuera porque le costaba
mucho llorar, lo hubiera hecho a mares.

Entonces los piratas se agruparon, pero esta vez dejaron fuera a Orejacortada, que NO PODÍA CREER lo que estaba sucediendo.

Tras varios minutos de discusión, un portavoz habló:

—Daniela ha demostrado que tiene todo lo que hay que tener para SER PIRATA en el CAIMÁN NEGRO. Queremos que se quede en el barco.

—¡SÍ, SE QUEDA! —gritaron todos.

Daniela comenzó a dar saltos de alegría mientras se abrazaba a los piratas.

Sin embargo, OREJACORTADA se había puesto rojo como un cangrejo. Parecía una olla exprés A PUNTO DE EXPLOTAR.

—¿Cómo es posible que esta banda de holgazanes ose tomar una decisión así sin contar conmigo? ¡YO SOY EL CAPITÁN! —aulló.

—Orejacortada, para ser Capitán se deben cumplir una serie de requisitos. **EL MÁS IMPORTANTE ES SER JUSTO**, y no querer a Daniela por ser chica es una auténtica injusticia.

—¡QUEREMOS QUE TE VAYAS!

OREJACORTADA SE FUE

y nunca volvieron a saber de él.

Y el CAIMÁN NEGRO recorrió EL MUNDO.

Cuentan que las embarcaciones planeaban sus rutas para no cruzárselo, y si algún MARINERO lo divisaba desde su CATALEJO, daba media vuelta y huía en sentido contrario.

Todos sabían que el capitán del *Caimán Negro* ya no era OREJACORTADA...

La nueva capitana era una niña,
LA PIRATA DANIELA.